This book belongs to

_____

_____

_____

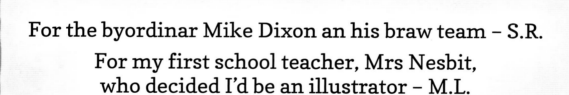

For the byordinar Mike Dixon an his braw team – S.R.

For my first school teacher, Mrs Nesbit,
who decided I'd be an illustrator – M.L.

Susan Rennie is donating all her proceeds from this book to Breast Cancer Now

Picture Kelpies is an imprint of Floris Books. First published in 2015 by Floris Books. Second printing 2016 Text © 2015 Susan Rennie
Illustrations © 2015 Matthew Land. Susan Rennie and Matthew Land assert their right under the Copyright, Designs and Patents Act 1988
to be recognised as the Author and Illustrator of this Work. All rights reserved. No part of this book may be reproduced without the prior permissio
Floris Books, Edinburgh. www.florisbooks.co.uk. The publisher acknowledges subsidy from Creative Scotland towards
the publication of this volume. British Library CIP data available. ISBN 978-178250-208-1. Printed in China by Everbest Printing Investment Lt

The 12 Days o Yule

Retold by Susan Rennie

Illustrated by Matthew Land

On the 1st day o Yuletide,
My true luve gied tae me
A reid robin in a rowan tree.

On the 2nd day o Yuletide,
My true luve gied tae me
2 bonnie doos,
An a reid robin in a rowan tree.

On the 3rd day o Yuletide,
My true luve gied tae me
3 tappit hens,

2 bonnie doos,

An a reid robin in a rowan tree.

On the 4th day o Yuletide,
My true luve gied tae me
4 collie dugs,

3 tappit hens,
2 bonnie doos,

An a reid robin in a rowan tree.

On the 5th day o Yuletide,
My true luve gied tae me
5 gowden rings,

4 collie dugs,
3 tappit hens,
2 bonnie doos,

An a reid robin in a rowan tree.

On the 6th day o Yuletide,
My true luve gied tae me
6 hoolets hootin,

5 gowden rings,
4 collie dugs,
3 tappit hens,
2 bonnie doos,

An a reid robin in a rowan tree.

On the 7th day o Yuletide,
My true luve gied tae me
7 sheep a-shooglin,

6 hoolets hootin,
5 gowden rings,
4 collie dugs,
3 tappit hens,
2 bonnie doos,

An a reid robin in a rowan tree.

On the 8th day o Yuletide,
My true luve gied tae me
8 skaters skooshin,

7 sheep a-shooglin,
6 hoolets hootin,
5 gowden rings,
4 collie dugs,
3 tappit hens,
2 bonnie doos,

An a reid robin in a rowan tree.

On the 9th day o Yuletide,
My true luve gied tae me
9 lassies birlin,

8 skaters skooshin,
7 sheep a-shooglin,
6 hoolets hootin,
5 gowden rings,
4 collie dugs,
3 tappit hens,
2 bonnie doos,

An a reid robin in a rowan tree.

On the 10th day o Yuletide,
My true luve gied tae me
10 lads a-lowpin,

9 lassies birlin,
8 skaters skooshin,
7 sheep a-shooglin,
6 hoolets hootin,
5 gowden rings,
4 collie dugs,
3 tappit hens,
2 bonnie doos,

An a reid robin in a rowan tree.

On the 11th day o Yuletide,
My true luve gied tae me
11 pipes a-skirlin,

10 lads a-lowpin,
9 lassies birlin,
8 skaters skooshin,
7 sheep a-shooglin,
6 hoolets hootin,
5 gowden rings,
4 collie dugs,
3 tappit hens,
2 bonnie doos,

An a reid robin in a rowan tree.

On the 12th day o Yuletide,
My true luve gied tae me
12 drummers dirlin,

11 pipes a-skirlin,
10 lads a-lowpin,
9 lassies birlin,
8 skaters skooshin,
7 sheep a-shooglin,
6 hoolets hootin,
5 gowden rings,
4 collie dugs,
3 tappit hens,
2 bonnie doos,

An a reid robin in a rowan tree.

Glossary

birl: to spin or whirl round

bonnie: pretty

braw: excellent, fine

byordinar: extraordinary, outstanding

collie dug: Scottish sheepdog

dirl: to shake or rattle; to drum

doo: dove

gied: gave

gowden: golden

hoolet: owl

lad: boy

lassie: girl

lowp: to leap or bound

luve: love

reid: red

rowan: mountain ash tree, *Sorbus aucuparia*

shoogle: to shake or wobble

skirl: to screech; to make a shrill sound

skoosh: to move quickly; to glide or swish

tae: to

tappit hen: a hen with a tuft of head feathers

Yule: Christmas

Yuletide: the festive season from Christmas to New Year

Scots numbers

1	ae or ane	1st	first
2	twa	2nd	saicont
3	three	3rd	third
4	fower	4th	fowrt
5	five	5th	fift
6	sax	6th	saxt
7	seeven	7th	seevent
8	echt	8th	echt
9	nine	9th	nint (rhymes with pint)
10	ten	10th	tent
11	eleeven	11th	eleevent
12	twal	12th	twalt